什麼都沒有王國
Le royaume de RIEN DU TOUT

作者｜羅納德・沃門 Ronald Wohlman
繪者｜狄倫・休威特 Dylan Hewitt
譯者｜尉遲秀

社　　長｜馮季眉
編輯總監｜周惠玲
責任編輯｜李晨豪
編　　輯｜戴鈺娟、徐子茹
美術設計｜盧美瑾工作室

出　　版｜字畝文化
發　　行｜遠足文化事業股份有限公司
地　　址｜231 新北市新店區民權路 108-2 號 9 樓
電　　話｜（02）2218-1417
傳　　真｜（02）8667-1065
電子信箱｜service@bookrep.com.tw
網　　址｜www.bookrep.com.tw

讀書共和國出版集團
社　　　　　長｜郭重興
發行人兼出版總監｜曾大福
印　務　經　理｜黃禮賢
印　務　主　任｜李孟儒
法　律　顧　問｜華洋法律事務所　蘇文生律師
印　　　　　製｜卡樂彩色製版印刷有限公司

2020 年 11 月　初版一刷
定　　價｜360 元
書　　號｜XBTH0062
ＩＳＢＮ｜978-986-5505-39-4
特別聲明：有關本書中的言論內容，不代表本公司／出版集團之立場與意見，文責由作者自行承擔。

國家圖書館出版品預行編目(CIP)資料

什麼都沒有王國 / 羅納德.沃門(Ronald Wohlman)作；狄倫.休威特
(Dylan Hewitt)繪；尉遲秀譯. -- 初版. -- 新北市：
字畝文化出版：遠足文化發行, 2020.11
面；　公分
譯自：The kingdom of nothing
ISBN 978-986-5505-39-4(精裝)

885.3599　　109014643

獻給圖圖滕（Tuttuten）的智者和他們傑出的姊妹。
——羅納德・沃門

獻給我的克利（Cree）。
——狄倫・休威特

什麼都沒有王國

Le royaume de RIEN DU TOUT

作者　**羅納德‧沃門**
（ Ronald Wohlman ）

繪者　**狄倫‧休威特**
（ Dylan Hewitt ）

譯者　**尉遲秀**

從前從前，有一個非常寧靜的王國……

……離ㄌㄧˊ這ㄓㄜˋ裡ㄌㄧˇ不ㄅㄨˋ是ㄕˋ很ㄏㄣˇ遠ㄩㄢˇ。

你ㄋㄧˇ大ㄉㄚˋ概ㄍㄞˋ猜ㄘㄞ得ㄉㄜˊ到ㄉㄠˋ，在ㄗㄞˋ這ㄓㄜˋ個ㄍㄜˋ王ㄨㄤˊ國ㄍㄨㄛˊ裡ㄌㄧˇ有ㄧㄡˇ：

一ㄧ個ㄍㄜˋ王ㄨㄤˊ后ㄏㄡˋ

一ㄧ個ㄍㄜˋ國ㄍㄨㄛˊ王ㄨㄤˊ

一個公主

一個王子。

他們住在一片蔚藍的天空下。

幾乎每一天，
他們都在享受陽光，

享ㄒㄧㄤ受ㄕㄡ月ㄩㄝ光ㄍㄨㄤ下ㄒㄧㄚ的ㄉㄜ美ㄇㄟ好ㄏㄠ夜ㄧㄝ晚ㄨㄢ。

很ㄏㄣ顯ㄒㄧㄢ然ㄖㄢ的ㄉㄜ，
這ㄓㄜ些ㄒㄧㄝ你ㄋㄧ現ㄒㄧㄢ在ㄗㄞ
都ㄉㄡ看ㄎㄢ不ㄅㄨ到ㄉㄠ。

一般的情況就像這樣。

你看，這個王國叫做什麼都沒有，因為那裡完全是空的。

沒有

城ㄔㄥˊ 堡ㄅㄠˇ

沒ㄇㄟˊ有ㄧㄡˇ
神ㄕㄣˊ奇ㄑㄧˊ的ㄉㄜ˙青ㄑㄧㄥ蛙ㄨㄚ

沒有
金色的
國王寶座

沒有王冠

沒ㄇㄟˊ有ㄧㄡˇ
神ㄕㄣˊ話ㄏㄨㄚˋ裡ㄌㄧˇ的ㄉㄜ˙
飛ㄈㄟ馬ㄇㄚˇ

沒ㄇㄟˊ有ㄧㄡˇ寶ㄅㄠˇ物ㄨˋ

也ㄧㄝˇ沒ㄇㄟˊ有ㄧㄡˇ任ㄖㄣˋ何ㄏㄜˊ
嚇ㄒㄧㄚˋ人ㄖㄣˊ的ㄉㄜ˙東ㄉㄨㄥ西ㄒㄧ。

什 ㄕ / 麼 ㄇ ㄜ

都 ㄉ ㄡ

沒

有 ！

這個王國的小孩，
從來不玩捉迷藏。

你可以想像，
要把自己藏起來很難，
因為……

……那裡沒有地方可以躲：

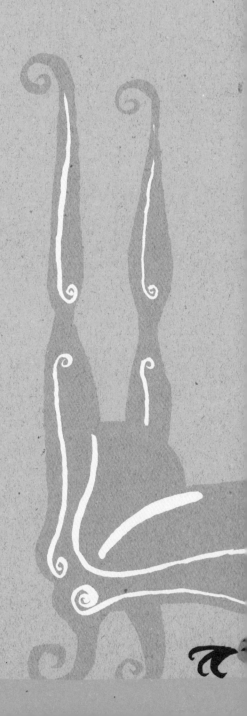

沒ㄇㄟˊ有ㄧㄡˇ大ㄉㄚˋ木ㄇㄨˋ箱ㄒㄧㄤ，
沒ㄇㄟˊ有ㄧㄡˇ床ㄔㄨㄤˊ，

也ㄧㄝˇ沒ㄇㄟˊ有ㄧㄡˇ五ㄨˇ斗ㄉㄡˇ櫃ㄍㄨㄟˋ。

就算這樣，

也沒有什麼可以

阻ㄗㄨˇ止ㄓˇ他ㄊㄚ們ㄇㄣ

玩ㄨㄢˊ得ㄉㄜˊ很ㄏㄣˇ開ㄎㄞ心ㄒㄧㄣ。

就算什麼都沒有王國裡

什麼都沒有，

沒有國王

依然非常慷慨大方。

猜猜看，
沒有國王
給他的小孩
什麼生日禮物？

你ㄋㄧˇ知ㄓ道ㄉㄠˋ
這ㄓㄜˋ個ㄍㄜˋ盒ㄏㄜˊ子ㄗˇ裡ㄌㄧˇ
有ㄧㄡˇ什ㄕㄣˊ麼ㄇㄜ嗎ㄇㄚ？

什ㄕㄣˊ麼ㄇㄜ˙ 都ㄉㄡ 沒ㄇㄟˊ 有ㄧㄡˇ！

其ㄑㄧˊ實ㄕˊ，這ㄓㄜˋ個ㄍㄜˋ問ㄨㄣˋ題ㄊㄧˊ
是ㄕˋ個ㄍㄜˋ陷ㄒㄧㄢˋ阱ㄐㄧㄥˇ，
因ㄧㄣ為ㄨㄟˋ那ㄋㄚˋ裡ㄌㄧˇ
根ㄍㄣ本ㄅㄣˇ沒ㄇㄟˊ有ㄧㄡˇ盒ㄏㄜˊ子ㄗ˙。

那麼，國王要怎樣才可以慷慨大方呢？

他給他們好多好多抱抱，還有

嗯，他把很多時間
給了他的小孩。

好多好多親親。

為了逗他們笑，
他經常搔他們癢。
而沒有王后
也會做同樣的事！

由於王子和公主
實在太喜歡
親親、抱抱和搔癢了，
他們覺得爸爸媽媽
送的禮物……

……真的是很不錯的東西！

有一天，在什麼都沒有王國裡，沒有發生任何事⋯⋯

（所以，關於這一天，沒有什麼值得說的，對吧？）　　可是⋯⋯

⋯⋯太ㄊㄞˋ陽ㄧㄤˊ在ㄗㄞˋ天ㄊㄧㄢ空ㄎㄨㄥ發ㄈㄚ出ㄔㄨ燦ㄘㄢˋ爛ㄌㄢˋ的ㄉㄜ光ㄍㄨㄤ芒ㄇㄤˊ，

每ㄟ個ㄍㄜ人ㄖㄣ都ㄉㄡ覺ㄐㄩㄝ得ㄉㄜ這ㄓㄜ是ㄕ很ㄏㄣ神ㄕㄣ奇ㄑㄧ的ㄉㄜ東ㄉㄨㄥ西ㄒㄧ！

這一天，再晚一點的時候，
同樣的這個太陽落到地平線上，
天空變成
玫瑰色、紫色和藍色，
王后大喊：
「快來看，親愛的孩子們，
這東西真漂亮啊！」

所有人都點點頭。

這東西實在太壯觀了！
你不覺得嗎？

不ㄅㄨˋ久ㄐㄧㄡˇ，天ㄊㄧㄢ空ㄎㄨㄥ的ㄉㄜ顏ㄧㄢˊ色ㄙㄜˋ變ㄅㄧㄢˋ成ㄔㄥˊ夜ㄧㄝˋ晚ㄨㄢˇ的ㄉㄜ藍ㄌㄢˊ，
月ㄩㄝˋ亮ㄌㄧㄤˋ出ㄔㄨ來ㄌㄞˊ了ㄌㄜ，又ㄧㄡˋ白ㄅㄞˊ又ㄧㄡˋ圓ㄩㄢˊ又ㄧㄡˋ亮ㄌㄧㄤˋ，
周ㄓㄡ圍ㄨㄟˊ有ㄧㄡˇ幾ㄐㄧˇ千ㄑㄧㄢ顆ㄎㄜ一ㄧˋ閃ㄕㄢˇ一ㄧˋ閃ㄕㄢˇ的ㄉㄜ小ㄒㄧㄠˇ星ㄒㄧㄥ星ㄒㄧㄥ。

「哇ㄨㄚ，這ㄓㄜˋ也ㄧㄝˇ是ㄕˋ，
這ㄓㄜˋ真ㄓㄣ的ㄉㄜ是ㄕˋ個ㄍㄜˋ東ㄉㄨㄥ西ㄒㄧ！不ㄅㄨˋ是ㄕˋ嗎ㄇㄚ？」

大家又再次點點頭。
這是個了不起的東西。

每天晚上，
沒有國王
和沒有王后
都會輪流
說睡前故事
給孩子們聽。

故ㄍㄨˋ事ㄕˋ，裡ㄌㄧˇ頭ㄊㄡˊ可ㄎㄜˇ不ㄅㄨˋ是ㄕˋ什ㄕㄣˊ麼ㄇㄜ都ㄉㄡ沒ㄇㄟˊ有ㄧㄡˇ！

「晚安，
我的小王子。」

「晚安，
我的小公主。」

「我們最愛你們了！」

相信ㄒㄧㄤ信ㄒㄧㄣ我ㄨㄛˇ，世ㄕˋ界ㄐㄧㄝˋ上ㄕㄤˋ

沒ㄇㄟˊ有ㄧㄡˇ比ㄅㄧˇ這ㄓㄜˋ裡ㄌㄧˇ更ㄍㄥ好ㄏㄠˇ的ㄉㄜ王ㄨㄤˊ國ㄍㄨㄛˊ了ㄌㄜ！

完ㄨㄢˊ